D1056196

Primera edición: julio 1993
Decimosexta edición: junio 2006

Dirección editorial: Elsa Aguiar
Ilustraciones: Gusti

Impresores, 15 - Urbanización Prado del Espino
28660 Boadilla del Monte (Madrid)
www.grupo-sm.com

CENTRO INTEGRAL DE ATENCIÓN AL CLIENTE
Tel.: 902 12 13 23
Fax: 902 24 12 22
e-mail. clientes.cesma@grupo-sm.com

ISBN: 84-348-3847-8
Depósito legal: M-24283-2006
Impreso en España/*Printed in Spain*
Orymu, SA - Ruiz de Alda, 1 - Pinto (Madrid)

EL BARCO  DE VAPOR

Valentín se parece a...

Graciela Montes

Ilustraciones de Gusti

Había una vez un chico
que se parecía a.
Precisamente en esta página
hemos decidido dibujarlo
de espaldas
para evitar problemas.
Si lo hubiésemos dibujado
de frente,
algunos empezarían
con que se parece a.
Y otros,
con que se parece a.
O a.
Y sería casi imposible
que nos pusiésemos de acuerdo.

Todo empezó el día
de su nacimiento,
cuando las primeras visitas
llegaron al sanatorio.

La abuela Luisa dijo
que se parecía a su hermano,
el tío Berto.

La tía Eduviges, en cambio, aseguraba que se parecía horrores a su hija Laurita.

Y el primo Antonio,
en cuanto entró en la habitación,
gritó:

—¡Cómo se parece
a la prima Pamela!

—Se llama Valentín

–dijeron
su mamá y
su papá
al mismo
tiempo,

256

pero nadie pudo oírlos
porque todos discutían
acaloradamente
acerca de a quién se parecía el chico
que se parecía a.

Ése fue sólo el comienzo
de las desdichas de Valentín.
Con el correr del tiempo,
las cosas fueron empeorando.
Y es que,
a medida que crecía,
se parecía más y más a.

Por otra parte,
ya no eran sólo los abuelos,
las tías y los primos
los que opinaban
sobre su parecido.

Ahora opinaban también
los vecinos, las maestras,
los empleados de correos,
los que ponían los azulejos
y los vigilantes.

—¡Cómo se le parece!
¡Igualito a usted!
–decía la portera del edificio
cuando la mamá de Valentín
salía a pasear con el cochecito.

—¡Se parece muchísimo a usted
–comentaba el quiosquero
cuando veía pasar a Valentín
de la mano de su papá.

Y, después, añadía:

—¡Como dos gotas de agua!

GERE
MOSCA
Futuro
Coche
SPORT
GUSTI
TINTIN

Eran sólo palabras,
claro está,
pero traían a Valentín
muchísimos inconvenientes.

Con los años,
Valentín llegó a parecerse tanto a,
que la gente se enfurecía
y era capaz de pelearse a muerte
por sus parecidos.

Fue lo que sucedió un día
en que Valentín y su papá
habían ido a ver
un partido de fútbol.

—¡Este chico
cada vez se parece más
a tu hermana!

–dijo Benjamín,
que conocía a la familia
desde siempre.

Pero el señor que estaba
sentado en la fila de atrás
no se sintió dispuesto
a aceptar el parecido.

—¡De ningún modo!
–exclamó,
aunque era la primera vez
en su vida que veía a Valentín–.

Al que se parece es
al ministro de economía.
¿No será su pariente?
—¡Falso!
–lo interrumpió la mujer
que vendía banderines–.

¡Se parece a Charles Chaplin!
Basta mirarle las cejas...

Y ya todos comenzaron a opinar:

—¡Se parece a Julio César!

—¡A Colón!

—¡A Napoleón!

—¡A mi dentista!

—¡A mí!

—¡A mi tío Alberto
cuando volvió del África!

La situación empeoró
cuando empezaron
a sacarle el parecido
a trocitos:

—¡Tiene la mirada
de mi perro *cocker*!

—¡La sonrisa de Mickey Mouse!

—¡Las orejas de Dumbo!

—¡La nariz del que vende caramelos!

Valentín,
que era un chico muy bueno
y muy paciente,
nunca tomaba parte
en esas discusiones,
pero de cualquier forma
pasaba sus malos ratos,
porque no sabía qué cara poner.
Su papá se quitó la camisa,

le tapó la cabeza
y así salieron del estadio
mientras la gente
se agolpaba en las tribunas
y defendía a grito pelado
los distintos parecidos.

Ese día,
Valentín se quedó un rato largo
frente al espejo
buscándose los parecidos
y suspirando su desdicha.

Al día siguiente,
pensó en dibujarse una cara.

Buscó una hoja de papel
y un lápiz,
y empezó a dibujarse
con todo esmero
las orejas,
los ojos,
la nariz,
la boca,
las mejillas,
el pelo,
hasta sacarse el parecido.

Luego,
le mostró el dibujo a su mamá
y le preguntó:
—¿A quién se parece?
—Se parece a... No, no.
Al que se parece es a...
–dudó ella frunciendo las cejas,
y luego aseguró–:
No, no se parece.

—¿A quién se parece?
–preguntó Valentín a su papá
mostrándole el dibujo.
—No sé. ¿A quién se parece?
–preguntó a su vez él
rascándose la barba.
Entonces,
Valentín escribió
con letras gruesas
debajo del dibujo:
VALENTÍN.

Y sacó tres mil trescientas
veinticinco copias,
para lo que tuvo que gastar
sus ahorros de seis meses.

Al día siguiente,
salió de la casa
con su pila de «valentines»
y un frasco de engrudo,
y comenzó la tarea.

En los árboles de la plaza.
En el poste de la luz
de la esquina.
Colgadas de los cuellos
de las estatuas.
Entre las hojas
de los periódicos del domingo.

En las paredes del baño
de la escuela.
En las invitaciones
para los cumpleaños.

En la cesta
del repartidor del pan.

En el interior
de los ascensores.

En los buzones
de las esquinas.

Colgadas del semáforo.

Disimuladas entre un montón de exámenes.

En el horario de la estación.

Pinchadas en las paredes.

Atadas a los lomos de los perros vagabundos.

Las caras de Valentín
inundaron la ciudad.
Aparecían donde
uno menos se imaginaba:
en el papel
que envolvía un sándwich,
pegadas en el parabrisas
de los taxis
o colgadas en las góndolas
del supermercado.
—Es una publicidad de champú
–aseguraban algunos.
—O una campaña política
–sospechaban otros.

Valentín
Valentín

Al domingo siguiente,
Valentín sacó su perro
a pasear.

—¡Huy! ¡Quién va ahí!
–gritó una chica con trenzas
en cuanto lo vio–.
¡Ese chico se parece a!

—Sí, se parece muchísimo
–asintieron dos viejos
que jugaban al ajedrez
en la plaza.

—¿No será...?
–añadió una mujer gorda.

—Eso es lo que yo digo
–coincidió una flaca–.
¿No será...?
—¡Sí! ¡Sí! ¡Es!
–gritaron los chicos
que jugaban a la pelota
en la esquina,
y corrieron a rodear a Valentín.

Después, se acercaron
la chica de las trenzas,
otras dos,
que jugaban a las figuritas,
los viejos del ajedrez,
la mujer gorda
y la flaca.
Y fueron muchos más
los que se asomaron
a los balcones y a las ventanas.
Y todos gritaban,
mientras el perro de Valentín
levantaba
la pata
junto a
un árbol
sin hacer
caso de la
muchedumbre:

—¡Es Valentín!
¡Es Valentín!
–y agregaban con orgullo–:
Yo enseguida
saco los parecidos.

Valentin
Valentin

EL BARCO DE VAPOR

SERIE BLANCA (primeros lectores)

1 / *Pilar Molina Llorente,* **Patatita**
2 / *Elisabeth Heck,* **Miguel y el dragón**
5 / *Mira Lobe,* **El fantasma de palacio**
6 / *Carmen de Posadas,* **Kiwi**
7 / *Consuelo Armijo,* **El mono imitamonos**
8 / *Carmen Vázquez-Vigo,* **El muñeco de don Bepo**
9 / *Pilar Mateos,* **La bruja Mon**
11 / *Mira Lobe,* **Berni**
12 / *Gianni Rodari,* **Los enanos de Mantua**
13 / *Mercè Company,* **La historia de Ernesto**
14 / *Carmen Vázquez-Vigo,* **La fuerza de la gacela**
15 / *Alfredo Gómez Cerdá,* **Macaco y Antón**
16 / *Carlos Murciano,* **Los habitantes de Llano Lejano**
18 / *Dimiter Inkiow,* **Matrioska**
20 / *Ursula Wölfel,* **El jajilé azul**
21 / *Alfredo Gómez Cerdá,* **Jorge y el capitán**
22 / *Concha López Narváez,* **Amigo de palo**
24 / *Ruth Rocha,* **El gato Borba**
25 / *Mira Lobe,* **Abracadabra, pata de cabra**
27 / *Ana María Machado,* **Camilón, comilón**
29 / *Gemma Lienas,* **Querer la Luna**
30 / *Joles Sennell,* **La rosa de san Jorge**
31 / *Eveline Hasler,* **El cerdito Lolo**
32 / *Otfried Preussler,* **Agustina la payasa**
33 / *Carmen Vázquez-Vigo,* **¡Voy volando!**
36 / *Ricardo Alcántara,* **Gustavo y los miedos**
37 / *Gloria Cecilia Díaz,* **La bruja de la montaña**
38 / *Georg Bydlinski,* **El dragón color frambuesa**
39 / *Joma,* **Un viaje fantástico**
40 / *Paloma Bordons,* **La señorita Pepota**
41 / *Xan López Domínguez,* **La gallina Churra**
43 / *Isabel Córdova,* **Pirulí**
44 / *Graciela Montes,* **Cuatro calles y un problema**
45 / *Ana María Machado,* **La abuelita aventurera**
46 / *Pilar Mateos,* **¡Qué desastre de niño!**
48 / *Antón Cortizas,* **El lápiz de Rosalía**
49 / *Christine Nöstlinger,* **Ana está furiosa**
50 / *Manuel L. Alonso,* **Papá ya no vive con nosotros**
51 / *Juan Farias,* **Las cosas de Pablo**
52 / *Graciela Montes,* **Valentín se parece a...**
53 / *Ann Jungman,* **La Cenicienta rebelde**
54 / *Maria Vago,* **La cabra cantante**
55 / *Ricardo Alcántara,* **El muro de piedra**
56 / *Rafael Estrada,* **El rey Solito**
57 / *Paloma Bordons,* **Quiero ser famosa**
58 / *Lucía Baquedano,* **¡Pobre Antonieta!**
59 / *Dimiter Inkiow,* **El perro y la pulga**
60 / *Gabriela Keselman,* **Si tienes un papá mago...**
61 / *Rafik Schami,* **La sonrisa de la luna**
62 / *María Victoria Moreno,* **¿Sopitas con canela?**
63 / *Xosé Cermeño,* **Nieve, renieve, requetenieve**
64 / *Sergio Lairla,* **El charco del príncipe Andreas**
65 / *Ana María Machado,* **El domador de monstruos**
66 / *Patxi Zubizarreta,* **Soy el mostooo...**
67 / *Gabriela Keselman,* **Nadie quiere jugar conmigo**
68 / *Wolf Harranth,* **El concierto de flauta**
69 / *Gonzalo Moure,* **Nacho Chichones**
70 / *Gloria Sánchez,* **Siete casas, siete brujas y un huevo**
71 / *Fernando Aramburu,* **El ladrón de ladrillos**
72 / *Christine Nöstlinger,* **¡Que viene el hombre de negro!**
73 / *Eva Titus,* **El ratón Anatol**
74 / *Fina Casalderrey,* **Nolo y los ladrones de leña**
75 / *M.ª Teresa Molina y Luisa Villar,* **En la luna de Valencia**

EL BARCO DE VAPOR

SERIE AZUL (a partir de 7 años)

1 / *Consuelo Armijo,* **El Pampinoplas**
2 / *Carmen Vázquez-Vigo,* **Caramelos de menta**
4 / *Consuelo Armijo,* **Aniceto, el vencecanguelos**
5 / *María Puncel,* **Abuelita Opalina**
6 / *Pilar Mateos,* **Historias de Ninguno**
7 / *René Escudié,* **Gran-Lobo-Salvaje**
10 / *Pilar Mateos,* **Jeruso quiere ser gente**
11 / *María Puncel,* **Un duende a rayas**
12 / *Patricia Barbadillo,* **Rabicún**
13 / *Fernando Lalana,* **El secreto de la arboleda**
14 / *Joan Aiken,* **El gato Mog**
15 / *Mira Lobe,* **Ingo y Drago**
16 / *Mira Lobe,* **El rey Túnix**
17 / *Pilar Mateos,* **Molinete**
18 / *Janosch,* **Juan Chorlito y el indio invisible**
19 / *Christine Nöstlinger,* **Querida Susi, querido Paul**
20 / *Carmen Vázquez-Vigo,* **Por arte de magia**
21 / *Christine Nöstlinger,* **Historias de Franz**
22 / *Irina Korschunow,* **Peluso**
23 / *Christine Nöstlinger,* **Querida abuela... Tu Susi**
24 / *Irina Korschunow,* **El dragón de Jano**
25 / *Derek Sampson,* **Gruñón y el mamut peludo**
26 / *Gabriele Heiser,* **Jacobo no es un pobre diablo**
27 / *Klaus Kordon,* **La moneda de cinco marcos**
28 / *Mercè Company,* **La reina calva**
29 / *Russell E. Erickson,* **El detective Warton**
30 / *Derek Sampson,* **Más aventuras de Gruñón y el mamut peludo**
31 / *Elena O'Callaghan i Duch,* **Perrerías de un gato**
34 / *Jürgen Banscherus,* **El ratón viajero**
35 / *Paul Fournel,* **Supergato**
36 / *Jordi Sierra i Fabra,* **La fábrica de nubes**
37 / *Ursel Scheffler,* **Tintof, el monstruo de la tinta**
39 / *Manuel L. Alonso,* **La tienda mágica**
40 / *Paloma Bordons,* **Mico**
41 / *Hazel Townson,* **La fiesta de Víctor**
42 / *Christine Nöstlinger,* **Catarro a la pimienta (y otras historias de Franz)**
43 / *Klaus-Peter Wolf,* **No podéis hacer esto conmigo**
44 / *Christine Nöstlinger,* **Mini va al colegio**
45 / *Russell Hoban,* **Jim Glotón**
46 / *Anke de Vries,* **Un ladrón debajo de la cama**
47 / *Christine Nöstlinger,* **Mini y el gato**
48 / *Ulf Stark,* **Cuando se estropeó la lavadora**
49 / *David A. Adler,* **El misterio de la casa encantada**
50 / *Andrew Matthews,* **Ringo y el vikingo**
51 / *Christine Nöstlinger,* **Mini va a la playa**
52 / *Mira Lobe,* **Más aventuras del fantasma de palacio**
53 / *Alfredo Gómez Cerdá,* **Amalia, Amelia y Emilia**
54 / *Erwin Moser,* **Los ratones del desierto**
55 / *Christine Nöstlinger,* **Mini en carnaval**
56 / *Miguel Ángel Mendo,* **Blink lo lía todo**
57 / *Carmen Vázquez-Vigo,* **Gafitas**
58 / *Santiago García-Clairac,* **Maxi el aventurero**
59 / *Dick King-Smith,* **¡Jorge habla!**
60 / *José Luis Olaizola,* **La flaca y el gordo**
61 / *Christine Nöstlinger,* **¡Mini es la mejor!**
62 / *Burny Bos,* **¡Sonría, por favor!**
63 / *Rindert Kromhout,* **El oso pirata**
64 / *Christine Nöstlinger,* **Mini, ama de casa**
65 / *Christine Nöstlinger,* **Mini va a esquiar**
66 / *Christine Nöstlinger,* **Mini y su nuevo abuelo**
67 / *Ulf Stark,* **¿Sabes silbar, Johanna?**
68 / *Enrique Páez,* **Renata y el mago Pintón**
69 / *Jürgen Banscherus,* **Kiatoski y el robo de los chicles**
70 / *Jurij Brezan,* **El gato Mikos**
71 / *Michael Ende,* **La sopera y el cazo**
72 / *Jürgen Banscherus,* **Kiatoski y la desaparición de los patines**

73 / *Christine Nöstlinger,* **Mini, detective**

74 / *Emili Teixidor,* **La amiga más amiga de la hormiga Miga**

75 / *Joel Franz Rosell,* **Vuela, Ertico, vuela**

76 / *Jürgen Banscherus,* **Kiatoski y el caso del tiovivo azul**

77 / *Bernardo Atxaga,* **Shola y los leones**

78 / *Roald Dahl,* **El vicario que hablaba al revés**

79 / *Santiago García-Clairac,* **Maxi y la banda de los Tiburones**

80 / *Christine Nöstlinger,* **Mini no es una miedica**

81 / *Ulf Nilsson,* **¡Cuidado con los elefantes!**

82 / *Jürgen Banscherus,* **Kiatoski: Goles, trucos y matones**

83 / *Ulf Nilsson,* **El aprendiz de mago**

84 / *Anne Fine,* **Diario de un gato asesino**

85 / *Jürgen Banscherus,* **Kiatoski y el circo maldito**